人と仲よく 自然と仲良く

—忖度無用!! 自治体マン「E」の記録—

恵田三郎
EDA Saburo

文芸社

目次

人と仲よく自然と仲良く

―プロローグ―　「住民奉仕」の胎動―

「E」が豊里町役場に就職したのは、昭和三十一年の春だった。

世の中は、高度経済成長を目指し、各地でいろいろな開発が動きだしていた。神武景気と言われ始めていた。

自治体には、高度化、効率化が求められ、町村合併が進んでいた。昭和三十年に旧上郷村と旧旭村が合併し、豊里町となり、翌年に、旧吉沼村の一部が編入合併した。

就職戦線は民間志向型で、地方の町役場への就職はうらぶれた気分だった。民間就職の友達と比べると給料は雲泥の差だった。

おまけに前任町村の間でも差があり、給与規定などなく、その後の採用も当局の匙加減一つで決まるという有様だった。

差別はどうにもガマンがならなかった。若手を中心に組合結成の動きとなった。

その頃の田舎町では、組合となるとまるで謀反でも起こされるというような雰囲気だった。

明日が結成総会という前日の土曜日、最後の相談で有志が集まった。委員長候補だったH氏だけが現れなかった。

勘が閃めいたのか、H氏の同集落で住まいも近いY氏が、

「助役んとこへ行ってんべ」

と言った。

何人かで偵察に行った。案の定、H氏の愛車スーパーカブ号が、離れの傍らに停車してあった。内通だった。

新たな事態に急遽対策を練り始めた。ちょうどそこへH氏が入ってきた。顔面蒼白で一言、

「委員長はやれないから」

だった。

「E」は急遽委員長をやらざるを得ない事態になった。緊張の中、総会は盛会裏に終わった。

全職員の給料再計算の取り組み

さまざまな差別の中で不満は鬱積していたので、その解消が最重要課題だった。初任者から課長級まで全職員を対象に給料の再計算を行った。

その中で、経歴詐称やいろいろな問題も明らかになり、時には役員同士が取っ組み合い寸前という場面もあった。

結果は大幅にアップする者、かなり昇給ストップする者等あり、大変な問題があったがそれを乗り越えて解決した。

田舎町役場にアカハタ

さらに筑波郡職員組合連絡協議会（郡連）を結成して横の連携を強めていった。

砂川闘争、三井三池闘争、国会突入、樺美智子さんの死等、世の中は騒然としていた。

日米地位協定改定のために訪日した、アメリカの大統領アイゼンハワーは日本の地を踏めずに引き返した。

昭和四十一年十月二十一日、全国統一ストライキの日、田舎町役場にアカハタが立った。

結果的に組合は一〇・二一はストライキを起こすことができなかったが、全国的な昂揚の中で、将来的にも差別を生まない、誰もが気持ちよく働ける、当時県内でも有数の賃金体系を確立した。

いい気分に浸っていた。

ある精農家から殴り込み

数日後、ある集落の区長で精農家、発言力もあるTさんが役場へ来た。

「役場んてぇらの月給上がったって俺らにはちっともいいこたぁ〜ねぇー。町民に来る分が減るだけだ」

と。
ギャフンときた。
町民のことは考えていなかったのだ。
地方公務員法には、「住民に奉仕する」ことが明確に規定されている。

「住民奉仕」を全員に呼びかけ

「E」は豊かになった給料を力に「住民奉仕」に徹しようと心に決めた。組合員にも呼びかけた。

組合運動のきびしい状況の中で生まれ、その力をいかんなく発揮した日刊職場新聞〝あゆみ〟の一〇〇〇号記念誌に載せた巻頭言の一部を掲載する。

その後こそ問題だった

今私は、その後の〝あゆみ〟の歩みと職場の経過をふり返ってみて、少なからぬ不満を持っている。それは私自身の重大な反省点でもあるわけで、その点について触れてみたい。

〝闘いは人をつくり、組織をつくる〟と言われている。ところが我が職場の場合、そこが極めて不十分だったのだ。かなりな水準の賃金体系を勝ち取りはしたが、それに見合った意識の強化が、闘いの中でもその後の経過の中でもはかられなかったのである。安心して矛を収めてしまい、有利な条件の中に安住してしまったのである。

どうすべきだったのだろうか？

それは、古くて新しい課題〝住民奉仕〟の立場を日常的に具体的に追求することである。

このことは、高水準の賃金を勝ち取ろうと勝ち取るまいと、自治体労働者にとって唯一無二の課題である。

民間と比べても、他町村と比べてもあまりにひどい賃金の場合には、単なる不満爆発で闘いになるし、一定の成果も上がるし、周囲だってわかってくれる。しかし、一定の水準に達した場合、周囲の目はうるさくなる。ましてや現在のように、公務員が羨望の目で見られている場合はなおさらである。

住民のためにいい仕事をしていく以外にない。住民の側が「自分らにとって真にためになる仕事を真剣にやってくれている」とわかってくれれば、「高すぎる」との議論は起こらないはずである。

そのような方向をどう探求していくかがこれからの課題である。

それは、組合にとってはもちろん、自治体にとってもそうなのである。

お互いに頑張りたい。

＊

〝住民奉仕〟こそ我々の使命なのだ。

「E」の矜持が胎動した。

―第一幕―

つくば市誕生　そして迷走

昭和六十年の万博開催を控え、昭和五十年から五十八年にかけて、県から万博開催前の六ヶ町村の合併が提案された。しかし、それは失敗に終わった。

その後昭和六十二年の六月、県から再び、六十二年末を目途の合併が提案された。

そして、六十二年十一月、大穂町、豊里町、桜村そして谷田部町が合併し、つくば市が誕生した。翌年の一月、筑波町が編入し、五ヶ町村のスタートとなった。

合併過程では、町村長、議員間でそれぞれの思惑からいろいろなギクシャクがあった。それは合併後にも持ち越され、市政運営にも響いてきた。

市政はしばらく迷走が続いた。

昭和六十三年十二月、国土庁、県、住宅公団、市の共催による閣議了解二十五周年記念行事が行われ、その一環として〝つくばと自然〟と題したリレー講演会が行われた。

市としての動きがほとんどなかった中で、合併前、豊里町時代に自然とどう関わってきたかについて「E」が講演した。

豊里町時代の数々のユニークな取り組みを紹介しながら、より大きな舞台で、大きな夢を持ってやっていく決意を語った。

その全体を掲載する。

森の中で交流の輪が

私は一行政マンとして、従来どういうふうに自然、緑と関わってきたかということ、これからどういう姿勢でそういった問題に臨んでいくかということについて、若干の経験を交えながらお話をしてみたいと思います。

ご承知のように筑波研究学園都市は、六ヶ町村のうち五ヶ町村が合併いたしまして、合併後まだ一年経らずですので、私の話は当然旧豊里町時代の経験が中心になると思います。

先ほど五木田先生からお話がございましたように、都市近郊の平地林を残すかどうかという問題は、開発との関連もありまして、大変難しい問題でございます。

農家のお年寄りの話によりますと、昔は「娘を嫁に出すときは、その家の木小屋を見ろ」という言葉があったんだそうです。木小屋というのは農家の燃料倉庫のことですけれども、かわいい娘を稼がせる場合、木小屋にたっぷりと燃料がないようでは娘が苦労するだろうとの親ごころが滲み出ている言葉です。

燃料の他にも、肥料として落ち葉を利用したり、きのこや山菜などもそこからたくさん採れました。

また、のぼせ性のお年寄りなどは「〝やま〟の中を歩くとのぼせが治まる」と、今でいう森林浴を生活の知恵で実践していたわけです。

このように、昔から農業、農村にとって、平地林というのは大変重要な役割を果たしてきました。

それが昭和三十年代の高度経済成長、エネルギー革命以来、ほとんどその価値を失ってしまいまして、先ほどの五木田先生のお話にもありましたように、大変な荒れようになってしまいました。足を踏み入れることすらできないようなジャングルと化してしまったわけであります。

山林火災に奮起

このような中で、旧豊里町でそのジャングル状態を解消し、きれいになった森を舞台に〝木のまちづくり構想〟が進み、さまざまな輪が広がっています。

その内容に触れてみたいと思います。

まず動機ですけれども、昭和五十四年の四月に旧豊里町で、大変な山林火災がありました。火元は隣町のゴミ処理場だったわけですが、折からの強風に煽られて次から次へ燃え広がり、ついに、約三十ヘクタールが焼失してしまったのです。

その時の様子を見てみますと、荒れていたこと、ジャングル状態だったことが、燃え広がった最大の原因だったんです。

その当時も、ごく一部ですけれども、きれいに管理された松林があったわけですが、その部分は全く燃えずにそっくり残ったのです。ジャングル状態だったところだけが次々と燃え広がっていったわけであります。

森林というのは本来防災的な役割を果たすはずですけれども、荒れた状態のもとではむしろ火災の元凶になってしまうという大変恐ろしい話であります。

「これは大変だ。何とかしなくちゃ」というふうに危機感を持ったことが第一の動機であります。

それから二つ目の動機ですけれども、都会から来られた方からの示唆であります。

東京からの方が、常磐線の土浦で降りて学園地区を通り豊里に入りますと、緑の豊かさに驚かれたそうです。「緑がきれいですね。こういう平地林は珍しいですね」と一様に言われました。

我々地元の人間は、その中にどっぷりつかっているので、身近なことに気づかずに過ぎてしまうことが多いんですね。言われてみて「あ、そうか。これはむしろ宝なんだ。火災の元凶である森林を宝として生かそうか」というふうに思ったのが動機の第二点であります。

「緑じゃ食えねぇ」からの出発

そして、昭和五十五年度に、町の総合計画の中で「緑を生かす」ということを基本理念の一つに据えたわけであります。

その辺の経過及び内容について、次にお話をしたいと思います。

総合計画策定の過程では、経済中心、開発中心の考え方が支配的でした。ですから「緑じゃ食えねぇ」という反発が強かったわけであります。

しかし、緑を残すということは別に悪い話ではありませんから、字句としては、挿入することができたわけであります。

言葉として表現できても、普通この種の話は、単なる題目、絵に描いた餅で終わってしまうんですね。

私は企画で総合計画策定に携った次の年、事業課である農政課に異動になりました。そこで、緑を生かすにぴったりの事業に取り組むことができました。

農村定住促進対策事業という、大変お題目の長い、農林水産省の補助事業だったのです。内容は、荒れ放題になっている民有林を借りたり、一部買ったりして、そこにさまざまな建物を建てて、森林に親しむゾーンにしようという計画でした。

当然のカベ「前例がない」

しかし、スタート段階で大きなカベにぶつかりました。

カベというのは、県との協議の中での話ですが、

「そんなことは前例がない。民有林の整備に補助はつけられない。補助事業に馴染まない」

ということでした。担当の方としては、当然のことだったろうと思います。

しかし、私どもとしては、

「今こういう形で取り組まなかったら大変だ。森林が壊滅状態になってしまう」

と、それこそ無茶苦茶、熱っぽく話をしました。

その結果、最後には担当の課長補佐が顔を赤くされました。それは腹を立ててということじゃなくて、私どもの話に心を動かされて顔を赤くされまして、協力を約束してくれたわけであります。

そういうことで、とにかく計画はスタートしました。

計画がユニークだったものですから、大変話題になりました。各方面からいろんな知恵やアイデア、協力の申し入れなどがありまして、話が広がっていきました。

バッハ合唱団、合奏団を主宰している筑波大の石田先生は、独自に音楽の森構想を持っておられたわけですが、その構想とドッキングさせる話へと発展しました。結果的には、都市計画法の関係で森の中に奏楽堂をつくることはできず、少し離れた住宅地に建設されました。しかし、そこから〝木のまちづくり構想〟へと広がり、計画も豊かになっていきました。

施設の整備とともにさまざまな取り組み

次に現時点での施設の整備状況と取り組み状況について、お話しします。

昆虫館、人工の小川、ドングリ池、バーベキュー広場、遊歩道が造られました。宿舎〝あかまつ荘〟―別名〝カナダ館〟と呼ばれ、万博開催中、カナダのコンパニオンが宿舎として利用した建物でして、現在は一般の宿泊施設として、企業などの研修や家族づれなどに利用されています。それから、万博当時、きのこ型テントということで大変人気のあったスペースキャビンのあるキャンプ村、さらには、農村定住促進対策事業以外の事業も取り入れまして、焼き物などの体験のできる陶芸館、木工館などが整備されました。また、万博開催中、万博の第二会場・エキスポセンターにあった文化グループの展示館が移設されました。

この建物は、万博開催中という条件で万博の第二会場エキスポセンターに設置されていました。つくばを中心に周辺の文化人たちの展示館、通称ガラ館と呼ばれていました。会員たちは中心部分の町村に移設したかったのですが、双方から「そんなガラクタみたいなもの要らねぇ」と断られていたものです。町は森の構想にぴったりとの想いから呼び込むことにしました。会員の皆さんとの交流は深まっていきました。

そのようないろんな施設の整備と並行しまして、官と民の力を合わせた数々の取り組み、イベントが行われるようになりました。

野草を食べよう会、森の音楽会、昆虫教室、一日きこりの集い、カブト虫の里親運動、手打ちそば、わら細工、竹細工、織り物、染め物、焼き物、シュタイナー幼児教室、世界一小さいトンボ――ハッチョウトンボの里づくり等々、実に多彩な活動が展開されるようになりました。

中でも注目されますのが、年寄りたちの手打ちそばです。

これは毎週日曜日、十五名のそば部会の年寄りたちが、実に生き生きと活動しているわけです。周りから訪れた人たちが、その生き生きとした姿を見て感動しています。そこで交流の輪が広がっているわけです。

一石三鳥の森林クリーン作戦

話が「ゆかりの森」に集中しましたので、町全体の森の状態、それへの取り組みについて報告したいと思います。

各種の開発やマックイ虫の被害によって森林はどんどん減ってきています。それでもまだ、主なまとまりのある森林はトータルで約二百六十ヘクタールあります。

そのほとんどがジャングル状態だったわけで、先ほど申しましたように大変な危険の元凶だったわけです。

「ゆかりの森」の事業は、もちろん全域の森林整備の第一歩的な位置づけであったわけですが、しかし町もそんなに財政が豊かではありません。全体の森林までは手のつけようがありませんでした。

ちょうどそこへ、まるで救世主のようなうまい話が出てまいりました。

どういうことかと申しますと、タバコ農家との提携による、全然金のかからない山林のクリーン作戦なのです。

タバコ農家にとりましては、松の落ち葉＝松葉は、タバコの苗床の最高の原料なのです。松葉はナラやクヌギなどの雑木の落ち葉と違いまして、苗床に踏み込んだ場合、一定の温度で長く持続しますし、苗床に使った後は、大変良質の土壌改良材になるんですね。昭和四十年代からマツクイ虫で森林がどんどんなくなっているものですから、タバコ農家にとっては、まさに死活問題だったわけです。

その話を聞いたものですから、専売公社と提携いたしまして、山林所有者とタバコ農家をドッキングさせようではないかという話になったわけであります。

これが昭和五十八年の十一月からスタートしました。

どういう内容かと申しますと、「タバコ農家に、ジャングル状態を無償で解消してもらう。その代わり向こう五年間、山林所有者はタバコ農家に、無償で松葉をさらわせる」ということでございます。

山林所有者にとっては、タダで山林がきれいになりますし、タバコ農家にとっては、貴重な松葉が確保できる。それから行政にとりましては、環境もよくなり火災の危険もなくなるということで、まさに一石三鳥の取り組みなわけであります。

役場の周りも大きな森林群ですが、他からの来訪者からは「森林公園ですか?」と聞かれることが多くなりました。

これは今も続いておりまして、先ほどお話しました「ゆかりの森」も、この方式で一部きれいになっているわけであります。

このように、一石三鳥、みんなが喜んでいるわけですから、年に一回、お互いに喜びを分かち合おうじゃないかと、暮れに森の中で大バーベキュー大会をやっています。

タバコ農家と山林所有者と、それから行政をはじめ、何らかの形で森に関わっている人たちが大集合し、会費制でやっています。縁組の話も持ち上がるなど大変親密な関係が出来上がり、みんな暮れになるのを待ちこがれている状況であります。

無人青空市

それから、昭和五十八年の十二月からのスタートですが、東光台研究団地の一角で、無人青空市場が水曜日を除く毎日開かれています。

生産者と消費者、新住民の信頼関係で築き上げるという願いを込めて、〝無人〟を標榜したわけです。

当初、現在の市場中心の取引関係からいって「とても無理だ。そんなことにかまっていられない」というのが農家の反応。なかなかまとまりませんでした。

しかし最後には「年寄りの小づかい程度になればいいか。町の話に乗ってみよう」そんな感じでスタートしました。

途中、金が合わないなどいろいろトラブルがありましたが、それを乗り越え、現在では〝年寄りの小づかい〟どころか、経営の主たる部分を占めるようになっています。

この取り組みの中で、ある奥さんが、「あ、この町の人たちは、私たち新住民を信頼してくれている」と感じ、大変感動したと、ある書物に書いておられました。

この信頼関係が力になって、市場そのものも発展し、交流の輪がさらに広がっているのです。

年寄りの知恵や技術が力に

現代社会は、どんな農村でも一様に、生活が都市化、効率化されています。そこでは年寄りの知恵や技術を生かす必要性などないかのような状況になっています。しかし、知恵や技術を生かす場があれば、大変生き生きとした活動が展開されるのです。そしてそのことは、当の年寄り自身の生きがいの問題だけでなく、家族はもちろん、周りの人たちにも大変な好影響を与えているのです。

世代間の交流、新と旧の交流、都市と農村の交流、さらには国際交流の輪が広がっているのです。

「都市と農村の提携が必要」

昭和六十一年の三月に、国土庁の諮問機関「農業、農村を考える懇談会」(加藤一郎座長）が、次のような報告、提言をしています。

「今、子供社会で大変な問題が起こっている。いじめとか暴力とか自殺などの大変な問題が起きて、大きな社会問題になっている。その原因の一つは、小さいうちから自然とあまりにもかけ離れた生活が、常態化してしまっていることにあるのではないか。それを克服するためには、家庭生活、学校生活を含めた日常生活の中で、自然と接触する生活を積極的に採り入れるべきではないか。農業、農村には、食糧生産地としての機能のほかに、地下水涵養等環境保全機能、公害防止機能、社会福祉的機能、さらには、教育的機能などの役割がある。このような役割を明確にしたうえで、都市と農村ががっちりと手を結ぶ必要がある」

と、概略このような提言をしています。

今、農業、農村は大変な危機に直面しています。そして、ほとんどの農家が希望を失いかけています。この状態がこのまま続いたなら、農家にとってはもちろん、消費者にとっても、さらには国の存亡にもかかわる重大な事態となることは明らかです。

もちろん、現在の農業に問題がないわけではありません。農薬漬けの野菜などの問題もあります。しかしながら、食べ物を生産する産業である農業が、正常に発展することなしに、豊かな自然を守る道はないと思います。

農業サイド自身の努力と相まって、都市サイドの輪が幾重にも組まれるならば、危機的状況にある農業の発展も、ひいては豊かな自然の保全も不可能ではないと思います。

筑波研究学園都市の特性は、頭脳が大変集積していることであり、もう一つは農業を含め豊かな自然が残っているということであります。

私は、つくば市の持つこの二つの特性を生かしたまちづくりを展開していく決意を申し上げまして、お話を終わりたいと思います。

―第二幕―

第二の人生スタート　〃絵に描いた餅〃の実践

「棚ボタ期待のおねだり行政」

ある研究者の言葉だった。

それまでの六ヶ町村の行政は、独自の方針による計画的な運営というより「あれが欲しい、これが足りない」的な、まさにおねだり行政だった。悔しかったけど、言い得て妙な表現だった。

合併の建設計画は、各町村それぞれ持っていた主な計画を羅列したものだった。それを基に動きだすことはなかった。

合併の経過の中では、町村長や議員の間でそれぞれの思惑がからみ、ギクシャクとした状態があった。それは合併後にも持ち越された。

合併後の最初の議会では、執行部の最前列に並んでいた副市長（前町村長）に口汚ないヤジが飛ぶような場面もあった。

「何言われるかわかんない」

そんな雰囲気が、職員間に広がっていた。

新市の総合計画の策定が待たれていた。

企画部が事務局となって、筑波大の先生方、学識経験者に委員になってもらい、優秀なコンサルタントの元に作業に取りかかった。

議会で次々と出てくる新しい課題について質問された各部課長の答弁は一様に、「総合計画の中で只今検討中でございます」だった。

六十四年四月に総合計画は完成した。

完成後もこれといった目新しい展開は見られなかった。

合併後、企画部長を五年、総務部長を二年務めたが、総合計画策定以外、心に残るいい仕事はできなかった。

頭脳の集積と豊かな自然を活かしたまちづくり——〝市民参加型、自然活用型農業の展開〟は〝絵に描いた餅〟になっていた。

〝絵に描いた餅〟を実践してみよう

〝桃、栗、三年、柿八年、柚の大バカ十八年〟という言葉がある。

ある研究者に「柚は十八年だけど、痛めつけられると早く実をつけるんだって？」と聞いたことがある。

「身の危険を感じると、種の保存本能が働いてそうなるんだよ」

と返ってきた。

「きのこは原木の持っている性質の全てを受け継いで出てくる」

も研究者からの知見だった。

専門家、研究者は、我々凡人には考えも及ばない物事の本質、根源的なことを、こともなげに言ってくれるのだ。

恐れ入谷の鬼子母神だ。

この知恵、ノウハウを活かさない手はない。

〝絵に描いた餅〟を自分で実践してみよう。そう心に決めた。

この後は、第二十回毎日新聞農業記録賞優秀賞の記録の一部を引用する。

〝遊びごころで楽しい農業、野菜つくって健康つくろう〟

（毎日新聞社　1995年5月18日付）

そんな呼びかけで市民農園がスタートした。平成七年三月、三十八年五ヵ月勤めた市役所を定年まで二年残して退職した。三月三十一日で退職、四月一、二日は土、日曜。土曜日に簡単なペーパーを書いて、記者クラブへ持ち込んだ。

「こんなことを始めるのでよろしく」

……と。

無茶と言えば確かに無茶だった。一年ぐらいは構想を練って、ある程度の可能性を見てから始めるのが常道だ。しかし、経済的にうまみのある仕事でもないし、モタモタしていると熱が冷めてしまう。とにかく動きだそう、動いていく中で可能性を探っていこう。〝走りながら考えよう〟そんな調子でスタートした。

二年目で十倍に

新聞各社が好意的に扱ってくれた。自宅わきの土地に一区画三十平方メートルに区切ってつくった農園四十区画は利用者でアッという間にいっぱいになった。締め切った後も問い合わせが殺到した。

会社員、公務員、研究者、自営業、主婦、写真家ｅｔｃ。いろいろな職業、幅広い年代の人たち三十六人の参加となった。

野菜づくりは大半の方がもちろん初めて。本を読んだり、人に聞いたり、結構ものになった。

芽が出ては喜び、大きくなっては喜び、とりわけ収穫時は大変。〝嬉々として〟という表現ぴったりだ。そしてその食べた時のうまさに感激。

利用者たちの喜びようを目のあたりにし、さらにやりたい人が大勢いることを知り「応えなければ……」との思いが強くなって、二年目は面積を約十倍にした。

四年目の今年は若干増やして現在約一・四ヘクタールになっている。

会社員からプロの農家へ

都市サラリーマンに土に親しんでもらうのがねらいだが、そこに止まらず、その中の一人でも二人でも、セミプロ、プロを目指してもらおうという意図があった。

そのために自前の売り場が必要ということで直販施設「ゆうのう」を建てた。同時に、新・旧住民の交流施設として、田舎料理「けんちん亭」も建てた。

遊農園で思いっきり土に親しむ、はまっちゃって、意欲もあり自信のある人には、多区画を使って直販「ゆうのう」に出荷しながらセミプロ、プロを目指してもらおうという寸法。

直販店には周辺農家の野菜が中心に出荷されるのだが、土、日曜日にはそれらに交じって遊農園の素人が作った野菜も並ぶ。

生産者のプロフィール——

月曜から金曜まではサラリーマン。

土、日は農民。無農薬です。

とのパネルの前にあまりスマートでない野菜が並ぶ。

見た目はよくないけれど〝安心〟の折り紙つき。食べたらうまいということで、「あの人のネギは今日はないんですか?」と待っている人もいる。それを見てプロの農家が刺激を受ける。有機、無農薬を目指そうとする気運が醸成される。

平成九年の四月から一人の若者がプロを目指して転向した。三月末まで民間の研究所で働いていた彼は今、奥さんと二人三脚で、新しい野菜ベビーリーフを作りはじめた。

「けんちん亭」では、食を通して多彩な交流が展開されている。

つくばは研究学園都市の建設によって昭和五十年代から人口が急増した。新と旧の割合は四対六。新と旧は交わりにくい。研究者、専門職が多いつくばはとくに難しい。

食を通して交流

土、農をベースに、加えて食を通しての交流が「けんちん亭」の狙いだ。

にんじん、ごぼう、大根、里芋、豆腐、コンニャクなど、いろいろな具が入り、それを煮込む。互いに具が溶け合って、独特の味になるのがけんちん汁。そのけんちん汁のように、研究者あり、会社員あり、農民あり、主婦あり、学生あり、いろいろな人が交流し合って味を醸し出す店にしたい。それはまちづくりにも役立つはず。そんな思いから店の名前を「けんちん亭」とした。

先日は、「けんちん亭」で知り合ったグループが、カナダ出身のドクターの神戸転勤のサヨナラパーティーを開いた。野菜の作り方、料理の仕方から話が広がり、「うちの畑を見に来いよ」と新と旧の新たな交流も広がっている。

スタートして一年ちょっとだから、店のカラー、店の味とまではまだいかない。しかしうまい野菜がたっぷり食べられる店、いろんな人と出会える店、ゆっくりとくつろげる店というイメージは着実に広がっている。

自主的な研究会

遊農園の参加者は平成九年当時百八十人。参加者は全員遊農くらぶの会員となる。会費は無料。年六回の会報〝遊農だより〟が送られる。

会は自主的に研究会を作って、それぞれ好きなことを探究している。研究会には若干くらぶから補助金が出る。現在、キノコ研究会、ハーブ研究会、ワサビ研究会が活動を始めている。

キノコ研究会は昨年、一般の人も対象とした植菌体験のイベントをやり好評を博した。

ハーブ研究会は、染色の専門家、クラフト、クッキーの得意な人もおり、県西のある公民館講座の講師役を務めたりしている。

ワサビ研究会は栽培技術の腕をめきめきと上げ、すばらしい苗を直販「ゆうのう」で販売し喜ばれている。

組織の形としては、三年目に農業生産法人有限会社つくば遊農を設立し、遊農園、直販「ゆうのう」、田舎料理「けんちん亭」を経営している。

どうしてこんなことを？

「どうしてこんなこと始めたの？」

「恵田さんは頭《ず》が高いからムリだよ」

「何ヶ月もつかな」

「あまり深みにはまらないうちにやめたほうがいいよ」

仲のいい友達が心配のあまり忠告してくれた。

遊農園だけならまだしも、料理屋と八百屋は、役所生活しか知らない「E」には、やれるはずがないとの思いからの温かい忠告だった。ありがたかったけれど軽く受け流して始まってしまった。

今でも不思議がられる。

「別にこんなことやらなくたって食っていけるのにどうして?」と。

たしかにそうだ。やらなくても何とか生活はできる。むしろやらないほうが、体力的にも経済的にも楽ではある。にもかかわらず走り出している。

行政マン時代の仕事が今に繋がった。

一冊の本との出合い。

この二つの項目は、第一幕の内容とほぼ共通するので省略する。

自然、農をベースにした新しいライフスタイル

昨年、心身に障害を持った子供たちがさつまいも掘りをやった。ある女の子がいもを掘った後の畑に腹ばいになった。大地にしがみついて、喜びを体いっぱい表した。すぐ近くの病院の認知症老人のためのデイサービスグループがさつまいも掘りをやった。絵画セラピーでも、音楽セラピーでも興味を示さなかったおばあさんが、夢中になって掘った。自分で掘っただけでなく、囲りの人に掘り方を指導していた。

ある新聞のコラムに、学校現場との関連で、アメリカ・イリノイ州のある中学校の事例が紹介されていた。大変な荒れようのその学校では、校庭を全部耕して、先生と生徒が一緒になって野菜づくりをやった。とれた野菜は全部給食に使い、みんなで食べた。

荒れは見事におさまった……と。

バブル経済、そしてバブルの崩壊を経て、カネだけ、効率だけ、偏差値だけを追い求める生き方では、もはや、幸せはつかめないことがはっきりした。

家族が、友達同士が、隣近所が仲良く生きる。都市と農村が共存する。そんな新しいラ

イフスタイルを目指して、具体的に動き出す時期にきている。

ブルーベリー街道をつくろう。ドイツのクラインガルテンのような土地利用のあり方も模索している。

「つくば遊農」の周辺は今、具体的に動き出している。

――第三幕――

「いろいろあったなあ」裏ばなし、そしてその後

第一幕、第二幕とも、大変うまくいった、いわば自慢話である。しかし、実際の話でウソや誇張は一つもない。とにかくやりがいのある嬉しかった楽しい話なのである。しかし、簡単に進んだのは一つもない。必ずいろんな困難にぶつかっている。一幕、二幕を通して、失敗談、空振りに終わった話、困難だった裏ばなし、そしてその後のことを書いてみよう。

身内から不満

今も続いている年寄りのそば打ちもそうだ。

この話が出た時には、

「お年寄りたちのそば部会」

「年寄りの足はどうするんだ」

「送り迎えは誰がやるんだ」

となった。

たしかにそうだ。足のことまでは考えてなかった。

仕方ないので私と補佐が、社会福祉協議会のワゴン車を借りて、毎日曜日交替で送り迎えすることにした。ある程度軌道に乗り、人気も出てきて運転手の予算もついた。

役場というところ、ほとんど前例主義だから、前例のないものには予算がつきにくいのだ。

ゴミ処理場の話でトバッチリ

こんなこともあった。

県単独の補助事業で、豊かな村づくり事業――。

田んぼや畑の耕地整理とか、集落センターの建設、身近な小公園づくりなど、地元でやりたい事業など柔軟に総合的にやれる事業だ。町の南西部の集落が喜んで取り組み、順調に進んでいた。

そこに、広域事務組合のかねてからの難題、ゴミ処理施設建設の話が持ち込まれた。

猛烈な反対運動が起こった。向こう三軒両隣入り乱れての賛否両論。お互いに疑心暗鬼の状態になった。反対派からは税金不納運動も起きかねない雰囲気になっていた。

町長は怒り心頭、現に進んでいる事業を引き揚げると言い出していた。

その頃、生憎、「E」は腰痛で家で寝込んでいた。補佐が相談にきたので「進んでいる事業を止めるわけにはいかない。そのまま進めるように」と言っておいた。

間に挟まって途方にくれた補佐が、別の集落の座談会に出席中の町長に相談に行き、

「町長の言うことを聞くのか、課長の言うことを聞くのか、どっちなんだ」

と大勢の面前で怒鳴られ涙を流した、という話を後で聞いた。

後日、腰の具合もある程度よくなり出勤。町長には「地元でいろいろ調整していますから」と言っておいた。

地元出身の議員は、

「町長がああ言ってるから難しい」

と、地元で話していたらしい。

田畑の耕地整理の中で、公共減歩によって土地を生み出してからということで、未着手になっていた小公園が他の集落へ持っていかれたが、それだけに止まった。

ゴミ処理場の話は消えた。

小公園は、「E」の住まいの近くの集落に造られた。今、大きくなった桜が花を咲かせている。

皮肉な話だ。

詐欺に引っかかる

こんなこともあった。

きのこ生産グループと共同で、マイタケのポット栽培をやった。大成功し、人気を博した。しかし、最後になって、北海道の漁師町のボスの詐欺に引っかかってしまった。「部下の仲間に分ける」ということで、ある程度まとまった数の注文だった。しかしその後の連絡はつかなくなった。

調子に乗り過ぎていた。

また、ある製薬会社の資料で、桑の葉と根皮は、あらゆる漢方薬に含まれているという情報を得た。

それ以前に林業試験場の研究者からの教えで「キノコは原木の持っている性質の全てをそっくり受け継いで出てくる」という知見もあった。

ちょうどその頃、養蚕業の衰退で、桑の根っこが引き抜かれて、あちこちに放置されていた。これを利用して、体にいいキノコ栽培をやってみるかと閃いた。

早速所有者に断って、桑の根集めに取りかかった。

西風ピューピュー、土ぼこりの中、農政課職員の動員。その時も「E」は腰痛で、眺め役だった。桑の根っこ粉砕機導入の予算がつかず、キノコの栽培までには至らず、空振りに終わった。

その他、中途半端、失敗などいろいろあった。しかし、みんな文句も言わず、よく動いてくれた。

難産の末デッカイ喜び

今思い出しても、難産だったけど最後はデッカイ喜びに浸ったデッカイ事業がある。

畑地帯総合整備事業――。

畑を公共減歩により、区画成形、道路、水路を整備するというもの。

バブルで土地が高騰している中、難しい事業だった。県内どこでも、ほとんど進んでいない状況だった。

幸い豊里町では、初めての取り組みだった学園地区に隣接する、比較的小規模の地区が成功裏に終わった。評判も良かった。その影響もあり、その後の二地区も成功した。

そして、ある大きい集落の周囲を取り囲む大面積の事業に入ることになった。

夜、何回か座談会をやったが、どうにも動かなかった。動かなかった原因は、ある大口の土地所有者が、頑として耳を貸さなかったことだった。

日本刀でおどされる

大口所有者は、大概いい場所に大きくまとまって持っている。しかもあっちこっちにあるのだ。カネを出して、面積を減らしながら事業をやらなくても困ることはなかったのだ。

しかし、そこが事業から外れるとなると、事業全体が成り立たなくなるのだ。

担当のN君は、日夜、執拗に説得に行っていた。終いには、日本刀を振り上げられるという場面もあった。

それでも彼は諦めなかった。この事業は将来は誰にとっても大きなプラスになるという信念を持っていたのだ。

そして遂に、ＯＫが出た。

最後には、その日本刀氏が、隣家との間で代々争いの元になっていた宅地の境界争いの解決に、立ち会いまで頼まれ、誰が仲に入ってもダメだった境界問題も解決した。


最高の換地だ!!


この事業の最後の大場面、換地計画の発表の日が来た。

換地計画は、土地改良連合会が、換地委員らの意見を聞きながらまとめた。

最初の発表の日だった。

「最高の換地だ‼　誰がやったって、こんな換地はできねぇ‼」

いち早く万感の賛意を表したのは、他ならぬ彼の日本刀の御仁だった。反対の意見は一つもなかった。

大型事業は大成功だった。初期の段階で、大変な苦労だっただけに喜びは一入だった。いろいろな失敗やつまずき、空振りなどたくさんあったが、住民のためになるいい仕事を！　という姿勢は、少なくとも農政課の職員の間には浸透していた。

職員一人ひとりが、それぞれの分野で、町民から信頼されていたのだ。

ちなみにこの集落は、若くして他界した「E」の母親の生まれ故郷でもあった。叔父も役員の一人だった。うまいことを言う人ではなかったが、ある夜しみじみと言った。換地発表のその夜だった。

「この事業おめぇ〜でなかったら、とっくの昔に投げ出されていたよなぁ〜」……と。

「E」は心底報われた気分になった。

原発事故→直販「ゆうのう」閉店

平成二十三年、東日本大震災、それに伴う原発事故が発生した。その煽りは大きかった。

当時、放射能はつくばの上空を通って守谷方面へ流れたと噂された。

農薬や放射能にはことの外敏感なつくば市民は、即、九州や沖縄へ家族ぐるみで引っ越したという噂も流れた。

それまで順調に伸びていた直販「ゆうのう」の売れ行きは、急激に落ち込んでいた。

どうしようもない相手だけに、打つ手はなかった。生産者と相談して、四月に閉店を決めた。

妻の他界

私が、五十八歳で市役所を辞め、こんなことを始めてしまったその年の六月、妻も保育士を辞めて、一緒に歩き出してくれた。

「けんちん亭」、直販「ゆうのう」の地鎮祭の時の写真には、長女の長男、一歳の洋輔をおんぶして笑顔で写っている。孫の面倒を見ながらのスタートだった。

私は手造りにこだわり、「けんちん亭」のテーブル等は、オール手造りの予定だった。

「恵田さんは木が好きだから……」とキコリOさんが、馬刀葉椎《まてばしい》の分厚い大物材を寄附してくれた。

キコリYさんは、何百年ものの椎、中空洞の逸品をわざわざ運んでくれた。

その他、友人と二人で、山形県から大型車一台分、欅《けやき》材を買い込んだ。根がものづくりが好きなものだから、朝から晩まで、テーブル造りに没頭した。知らぬ間に、体のほうは寒さを引き込んでしまっていた。リウマチだった。

一時は一人では身動きもできないような状態だった。

薬の副作用を恐れた妻は、ビワの葉温湿布に力を入れてくれた。

朝から「けんちん亭」に入り、時には直販「ゆうのう」のレジもこなしながら、温湿布は朝、昼、晩と続けてくれた。

その甲斐あって、それに、ちょうど、薬にも恵まれて、私のリウマチは、ほぼ完全によくなった。

一方妻は、いろいろなつなぎ役も果たしていた。

着物のリメイクの得意なTさんに、タンスに眠っていた着物で、ワンピースやコート、半コート、ジャンパーなどいろいろな物を作ってもらい、オンリーワンを楽しんでいた。そして、仲人のTさんを始め、いろいろな人を紹介して双方から喜ばれていた。その他いろいろな人のつなぎ役も果たしていた。

有限会社つくば遊農の事務も妻担当だった。

過労だった。それに直販「ゆうのう」の閉店ショックが重なり、平成二十四年脳梗塞を起こしてしまった。病状はかなり強かった。

病院、施設等々転々とした挙句、快方に向かうことなく、平成二十七年に他界してしまった。七十六歳だった。

今さら悔んでも後の祭りだが、好きな写真をもう少しやらせてやりたかった。

これからは、せめて仏壇の花だけは絶やさないようにしようと心に決めた。

そして「つくば遊農」のこと

遊農園、野菜直販所、新旧交流の「けんちん亭」の三点セットでスタートした「つくば遊農」――。

退職金は全部注ぎ込んだ。

さまざまなメディアで取り上げられ、人気上々、順風満帆のようだった。

しかし、実際はそうではなかった。困難にぶつかっていた。

「けんちん亭」は？

当初から遊農園に参加していたある若い女性が、料理に興味があるというので、店長になってもらうことでスタートした。しかし、途中から自信がないということで、彼女の知り合いの料理人に入ってもらうことにした。たしかに腕はいいようだった。

しかし、こんなことがあった。

「ダメ、ダメ！　役場関係はもうダメ！」

メディアで連日のように「けんちん亭」がとりあげられたこともあり、それに「E」との人の繋がりの関係もあって、宴会が多かった。特に市役所、研究所関係が多かった。

ある日の宴会――。

当日になって人数が次々と増えてきた。ドタキャンでなく、ドタ満である。

「ダメだ、ダメだ！　役場関係はもうダメだよ！」

と彼が大声で怒鳴り散らしたのだ。

後で、そこのトップが「あの店には二度と行かない」と漏らしたという話を聞いた。

あの怒鳴り散らし以外は、思い当たる節が見つからなかった。


「店潰されちゃうよ！」

また、つくば遊農の役員から、

「店がしまった後、若い女の子を集めて、ドンチャン騒ぎしてるよ！」

「店潰されちゃうよ！」

との忠告があった。

自分の腕で大繁盛、何やっても大丈夫だと勘違いしているようだった。

早速辞めてもらうことにした。

その後、民間会社で働いていた長男を説得して入ってもらうことにした。

平成二十八年に閉店

つくばエクスプレスの開業と共に、「けんちん亭」の南側は急速に宅地化が進んだ。駅周辺には、飲食店が激増した。

飲酒運転の取り締まりが強化された頃から、飲むお客は急速に落ち込んでいたのだが、駅前飲食店の急増によって、その数はさらに落ち込んでいた。平成二十八年に閉店した。

店の前の県道は、もともと交通量は多かったのだが、宅地開発、集客施設の急増により、交通量はさらに増えた。前々からあった県道の拡幅計画が急に動きだした。「けんちん亭」、直販「ゆうのう」の建物も、間もなく消えていくことになった。

遊農園のほうは、近くの農家から借りていた農地は、全部地主に返した。中学時代の同級生から借りていた農地は、買ってくれと無理に頼まれて購入した。今では、その部分約三十四アールで、約三十人の方たちが、野菜づくりに励んでいる。

尊い宝は残った

計画が動き出して約三十年――。

有限会社つくば遊農の動きは、ほとんど消えることとなった。

つくば遊農は、当初から〝人と仲よく、自然と仲良く〟をキャッチフレーズとしてスタートした。

考えてみると、前段の行政マン時代の仕事も、結果としては〝人と仲よく、自然と仲良く〟だった。

〝人と仲よく、自然と仲良く〟の五十年。いろいろな出会いがあった。厚い絆が深まった。

「E」にとって、尊い宝となった。

――幕間余話――

幕間余話〔その一〕

〝住民奉仕〟それは終いには〝自分奉仕〟

町民の反発の中で「Ｅ」は〝住民奉仕〟に目ざめた。〝住民奉仕〟がその後の「Ｅ」の生き方の全てだった。

ある町長は、

「恵田君も組合さえなけりゃなぁ〜」

と嘆いたらしい。

その頃、親父も議員をやっていた。

同僚の議員から、

「みんなのために長い間頑張ってきたんだから、そろそろ自分のことを考えるように言ったら……」

と言われていたらしい。

ある時親父から言われた。

「いい加減で自分のことを考えてみろ……」

と。

「E」は言った。

「今まで通りに生きるのが自分のためだと思うんだ……」

と。

親父は何も言わなかった。

悪いことをしたわけではない。

他より能力が劣るわけでもない。

しかし、若手が次々追い抜いて役職についていく。親父にとってはそれが無念でならなかったのだ。

組合の中に「あんまりだっぺ」という声が起こっていた。

申し訳的に、水道調査室という新設の室長に任命された。室員は総勢三名。薄暗い畳敷の用務員室があてがわれた。課長クラスへの遅まきのスタートだった。

その後、畳の部屋の主は約一年でおさらばし、広報課、農政課、企画課、農政課と移っていった。

通算して断然長かったのが農政課。自らの政治的な考えを優先するトップとは鞘当ての場面がちょくちょくあった。フトコロに辞表届を抱えての修羅場もあった。

そんな中で、課は〝住民奉仕〟でガッチリ固まっていった。

そしてプロローグの、「役場んてぇらの月給上がったって俺らには関係ねぇ〜……」と殴り込んできたTさんは、「農政課職員にだけは給料倍払ったっていい」と変わっていた。

合併が本決まりとなったある日、

「農政課だけ残るという方法はとれないのかよ〜?」

と心底真顔で掛け合いにきていた。

〝住民奉仕〟はしっかりと浸透していた。

つくば市誕生の最終レース

最終コーナーを回っての直線コース
固まりから一気に抜け出し
5馬身差のぶっちぎりゴール
ディープインパクトだった

〝住民奉仕〟で鍛えた足腰が力を発揮したのだ。
「自分のことを考えてみろ」と言われた時のなんとも寂しげな親父の顔が「E」の脳裏にくっきりと浮かんできた。

〝住民奉仕〟は
終いには真の
〝自分奉仕〟でもある。

「E」はその真理をしっかり掴んだ。

幕間余話〔その二〕

「困った時の恵田頼み」

鼻持ちならないということはよく耳にする。反対の鼻持ちならなくない↓鼻持ちなるという言葉は聞いたことがない。

ここでは敢えて、鼻持ちならなくない↓鼻持ちなる↓鼻持ちたっぷりの自慢ばなしをしてみたい。

合併後しばらくしてからAさんから聞いた言葉だった。

Aさんは、家庭裁判所の調停委員も務め人間学講座など幅広く活躍されていた。

「あの当時、学園の奥様方の間には『困った時の恵田頼み』ということがあったんですよ」

……と。

そういえばこんなことがあった。

隣町伊奈町のYさんが訪ねてきた。

ご主人が伊奈町の職員で「E」とは知り合いだったことで来られたらしい。

彼女は自宅がお寺で、そこで書道塾を開いていた。その関係で書道の全国大会を開催することになった。全国書写、書道席書大会という大会だった。

広いフロアスペースのつくば園民センター（当時）が格好の会場だった。申し込んだところ、あっけなく断られたというのだ。

このような全国大会、普通なら働きかけをしてでも誘致したい代物である。

話を聞いて「E」は早速電話した。課長だったか担当者だったかは覚えていない。

「もう一度話を聞いてやって下さい」

……と。

その日のうちにYさんから電話。

「借りられることになりました」

……と。

第二幕で触れたが、合併後の迷走の中で、職員の間には、新しい仕事には迂闊に手を出せないという雰囲気が充満していたのだ。

誰かにそっと背中を押されれば、安心して動き出せる。そういうことだった。

大会は大成功のうちに終わったということだった。

あとになって、その時のお礼に頂いたネーム入りの小筆は今も活躍している。

「E」に纏わる鼻持ちたっぷりの自慢ばなしはほかにもいくつかある。しかし並べ立ててはそれこそ鼻持ちならないはなしになってしまう。これ一つに留めておく。

ところが。

ところがである。

世の中オモテもあればウラもある。

鼻持ちたっぷりの自慢ばなしのウラでは、まったく逆の流れが動いていたのである。

―第四幕―

あれからず――っと足かけ三十年
〝世渡り上手の恵田三郎〟の一人旅

つい最近の話になる。

ある小さな集まりがあった。

つくば市には、「住民本位」を標榜する市長が誕生していた。

市長が代わると職員が変わるという話になった。特に幹部職員のことだった。その流れの中で、「恵田さんもあの当時、……」との話が出た。耳が不自由なので、正確にはわからなかったが、雰囲気から「恵田さんもあの当時変わった」ということらしかった。

正確ではないので、後日、同席していた二人の女性に確かめた。

「そういうことだ」だった。

思い出した。

平成六年三月の人事異動の直後のことだった。

長年に亘って、硬派の月刊誌を発行していたT社長が、心配顔で「E」を覗き込むようにして言ってきた。

「恵田さんはうまく立ち回った。上手に泳いだ、という噂があるんだよね」

……と。

あの時は聞き流したが、あれからずーっと足かけ三十年。あの噂は生きていたのだ。

〝世渡り上手の恵田三郎〟の一人旅だった。

他から見ればとるに足らぬことかもしれないが、「E」にとっては屈辱だった。

「E」は決意した。ここで、この流れは断ち切ろう……と。

いまからでもきっぱりと断ち切れる確かな手があるのだ。K市長とY部長、それに「E」だけが知っている事実なのだ。

ここからは生々しく実名でいく。只一人の生き証人Y部長には事前に了解を得た。

木村市長の誕生

平成五年の市長選。倉田市長と木村助役の一騎打ち。

木村助役が勝利し、木村市長が誕生した。

部課長を集めた会議で、

「三月の人事異動は、五年以上同じ部署に居る者は換える。それぞれ希望を出すように」

とのことだった。当然のことだ。同じ部署に長くなるのはいいことではない。

「E」も、企画部長五年になるので、出そうと思っていた。総合計画で、〝自然活用、市民参加型農業の展開〟には、特に思い入れが強かったので、ぜひ経済部長で実践してみたいと思っていた。

前々からウマが合う部長の一人だった山田部長に、バーターの申し入れをした。

「俺、経済部長を希望するから、総務部長を希望して……」

と。OKだった。

新市長としては、気心の知れた谷田部出身を使いたいのが当然だとの思いもあり、いい案だと思っていた。

ところが、当日になってみると市長から、

「企画部長を経済部長に持っていくわけにはいかない」

との理由で、「E」が総務部長に任命された。市長には、人事に関しての特別の固定観念があったのだった。

ちなみに、山田部長は建設部長になった。彼にとってはぴったりのハマリ役だった。

あの人事―。

周りから見ると、倉田市長のもとで企画部長、対戦相手だった木村市長のもとで総務部長。しかも、五町村の中では最弱小の豊里出身。

「うまく泳いだ。上手に立ち回った」

と映ったのかもしれない。そう思うのも、無理からぬところかもしれない。

その噂は、あっという間に、とくに市役所内には拡まったに違いない。

しかし、うまく泳いだり、うまく立ち回ったりの痕跡は一寸たりともなかったのだ。

人事を有利にしようとオベッカなどの魂胆は爪の垢ほどもなかったのだ。

思えばあの時、一貫して硬派の月刊誌「筑波の友」を発行し続けてこられた一徹の人、故竹島茂社長。嫌な噂を直接本人に届けてくれた。それが汚名はらしのきっかけとなった。

そして、只一人の生き証人、山田部長が、実名登場を快諾してくれた。

〝世渡り上手の恵田三郎〟の一人旅は終わることになる。お二人に感謝するしかない。

＊

安堵した。晴れやかな気分になった。

「E」はしっかりとした足取りでまた歩き始めた。

—エピローグ—

人と仲よく
自然と仲良く

世界はいま、貧富の格差が益々拡大している。差別と分裂が激しさを増している。そして、地球温暖化が急速に進み、例をみない自然災害が頻発している。

そして、かつてない新型コロナが襲来し、命と暮らしが脅かされている。

そんな中、一年前の初感染以来急速に感染拡大し、アメリカに次いで二番目に多いインド、パンデミックの最中クララ州では、感染確認三百七十名、死者三名に抑え込んでいるという。

三十年以上に亘る草の根民主主義政権が、公教育と医療に力を注ぎ込んできた成果だと言われている。

草の根民主主義の原点である自治体が、偉大な力を発揮しているのだ。

世界はいま、「グリーンリカバリー（緑の復興）」へと急速に動いている。草の根の力が社会を動かす時代に入ったと言われている。

政治の最前線自治体で、住民と職員が真に向き合い、信頼し合い、力を寄せ合えば偉大な力を発揮する。

それは、人を変え、地域を変え、国を変え、世界を変えていく原動力である。

そして豊かな地球を取り戻すことができる。

自治体の役割はかつてなく高まっている。その中に占める職員の役割――、その大きさは、計り知れない。

〝住民奉仕〟
　そして
〝人と仲よく
　自然と仲良く〟

著者プロフィール

恵田　三郎（えだ　さぶろう）

出身・現住地　茨城県つくば市
長男と同居、同じ敷地内別棟に長女家族。

年齢　85歳

職歴　つくば市元総務部長
農業生産法人有限会社つくば遊農元社長
茨城県自治体問題研究所顧問

趣味　川柳、碁、書

人と仲よく 自然と仲良く

—忖度無用!!　自治体マン「E」の記録—

2021年7月15日　初版第1刷発行

著　者　恵田 三郎
発行者　瓜谷 綱延
発行所　株式会社文芸社
〒160-0022　東京都新宿区新宿1－10－1
電話　03-5369-3060（代表）
03-5369-2299（販売）

印刷所　株式会社フクイン

ISBN978-4-286-22714-6